글 즐하 | 그림 국민지

펴낸날 2024년 11월 25일 초판 1쇄
펴낸이 위혜정 | **기획·편집** 스토리콘 | **디자인** 포도
펴낸곳 따끈따끈책방㈜ | **주소** 서울특별시 마포구 양화로186 LC타워 604호
전화 070-8210-0523 | **팩스** 02-6455-8386 | **메일** chucreambook@naver.com
출판등록 제2023-000176호

ISBN 979-11-989487-0-0 73810

※ 잘못된 책은 구입처에서 바꾸어 드립니다. ※ 값은 뒤표지에 있습니다.
※ KC마크는 이 제품이 공통안전기준에 적합하였음을 의미합니다.

|어린이제품 안전특별법에 의한 표시사항| 제품명 도서 제조년월일 2024년 11월 25일
제조사명 따끈따끈책방㈜ 주소 서울특별시 마포구 양화로186 LC타워 604호 전화번호 070-8210-0523
제조국명 대한민국 사용 연령 6세 이상 ▲주의 책 모서리에 찍히거나 책장에 베이지 않게 조심하세요.

instagram.com/chucreambook
슈크림북은 따끈따끈책방㈜의 아동 출판 브랜드입니다.

글 즐하
그림 국민지

슈크림북

숨은 장점 찾아 드립니다!

슈퍼 똥 파워

차례

자, 자, 줄을 서시오!

"자, 자, 줄을 서시오!"

학교 쉬는 시간에 나보다 바쁜 사람이 있을까? 수업 끝나는 종이 울리기가 무섭게 친구들은 내 책상으로 달려와. 왜냐고? 내 '슈퍼 똥 파워'를 받기 위해서지. 슈퍼 똥 파워가 뭐냐고? 그게 뭘지, 일단 들어 봐.

"낙낙아, 나 어제 줄넘기 열 개 성공했다!"

가장 먼저 달려온 친구는 같은 반 문준우야. 백곰처럼 몸집이

크고 하얀 친구지. 햇볕이 쨍쨍 내리쬐는 여름에도 준우의 피부는 하얘. 땀 흘리는 걸 좋아하지 않거든.

그래서 체육 시간이 제일 힘들다나? 왜, 그런 애 있지? '공부가 제일 쉬웠어요!' 하고 말하는 애. 그런 애가 딱 준우야.

그런 준우에게 얼마 전, 첫 번째 시련이 찾아왔어. 바로 줄넘기 시험! 준우는 그 쉬운 줄넘기 한 번을 못 넘어.

아마 줄넘기가 책상에 앉아 시험지로 푸는 과목이었다면 준우가 1등을 했을 거야. 하지만 줄넘기는 머리가 아니라 몸으로 하는 거잖아. 선생님이 아무리 방법을 알려 줘도, 준우의 몸이 말을 듣지 않았지. 줄넘기 줄이 바닥에 닿을 때 잽싸게 뛰어야 하는데, 엇박자로 뛰어 대니 제대로 넘을 리가 있겠어?

그런 준우가 줄넘기를 열 번이나 했다지 뭐야! 당연히 자랑할 만하지.

"오, 쭌우! 줄넘기 열 번이라니 대단한데!"

나는 준우를 향해 엄지손가락을 치켜올렸어. 물론 줄넘기 열 번이 대단하다는 말에 키득거리는 친구들도 있었지.

그럼 뭐 어때? 누구나 슈퍼 똥 파워를 받을 자격이 있다고. 슈퍼 똥 파워는 아주 작은 장점에도 아주아주 놀라운 힘을 더해 주는 주문이니까.

나는 자리에서 일어나 뒤로 돌았어. 손에 낀 반지를 한번 툭 치고는 다리를 벌려 허리를 숙였지. 그리고 가랑이 사이로 머리를 빼꼼 내밀어서 팔을 쭉 뻗고, 손가락 총을 만든 뒤, 하늘을 향해 빵!

"준우, **슈퍼~ 똥~ 파워!**"

'슈퍼 똥 파워 반지'에서 나오는 반짝이는 빛이 준우를 감쌌어. 이 빛에 슈퍼 똥 파워가 깃들어 있지. 슈퍼 똥 파워를 받은 준우는 입꼬리가 쭈욱 올라갔어.

"낙낙아! 나 내일은 스무 번 넘기에 도전할 거야! 슈퍼 똥 파워를 받으니까 더 잘할 수 있을 것 같아!"

준우는 하얗고 통통한 다리로 토끼처럼 깡충깡충 뜀을 뛰며 제자리로 돌아갔어.

"다음!"

"낙낙아, 나…… 오늘 급식…… 하나도 안 남겼다!"

별명이 '깨작깨작'인 엄다희야. 급식도 깨작깨작, 간식도 깨작깨작. 입이 하도 짧아서 붙은 별명이지. 그동안 식판을 앞에 놓고 세상 지루한 표정만 짓던 다희가 급식을 다 먹었다니! 엄청난 일이었지.

"다희야, 급식을 싹싹 다 먹었다고? 우아, 대단해!"

"응! 나도 슈퍼 똥 파워를 받고 싶어서 오늘 딱 한 번, 꾹 참고 먹어 봤어."

다희는 작은 입을 오물거리며 이야기했어.

"엄다희, 더 이상 넌 깨작깨작이 아니야. 우리 엄마가 말씀하셨지. 뭐든 처음이 어려운 거라고!"

내가 이렇게 말하고 의자를 뒤로 빼며 일어나자 아이들이 한 걸음씩 뒤로 물러났어. 다희는 소원을 비는 것처럼 두 손을 가슴 앞에 맞잡고 눈을 질끈 감았지. 난 다희의 간절함을 반지에 모아 모아 외쳤어.

"엄다희, **슈퍼 똥 파워!**"

내 손의 반지에서 알록달록 빛이 발사되자 다희는 눈을 떴어. 자신을 사르르 감싸는 빛에 어쩔 줄 몰라 했지. 마치 신데렐라가 마법의 드레스를 입은 것 같달까. 아이들도 짝짝짝짝 박수로 축하했어.

"낙낙아, 고마워!"

다희는 믿을 수 없다는 듯 얼굴을 두 손으로 감싸며 자리로 돌아갔지. 그러자 몇몇 아이들이 다희를 둘러쌌어. 다희의 '베프'들이야.

"다희야, 슈퍼 똥 파워 받으니까 어때? 막 힘이 나?"

"다희 키가 벌써 커진 것 같아."

자기들끼리 빵시레 웃으며 호들갑까지 떨지 뭐야.

"응! 내일도 급식 다 먹을 수 있을 것 같아!"

다희의 목소리에 힘이 넘쳤어. 그 말에 나도 흐뭇해졌지.

"다음은 누구실까?"

"짠! 낙낙아! 내가 어제 만든 클레이! 두 시간이나 걸려서 만든 거야. 나도 슈퍼 똥 파워 쏴 줘!"

다음 차례인 아이가 쫙 펼친 손바닥 위엔 누르튀튀한 똥 색깔 클레이가 있었어.

"이거, 내가 만든 게임 캐릭터야. 알아보겠어?"

내가 아는 '그 게임' 같았어. 쿠키 영웅이 나오는. 그런데, 팔과 다리의 길이도 양쪽이 다르고, 어딘지 모르게 엉성해 보였어.

나는 이 친구가 얼마나 '똥손'인지 잘 알고 있어. 자기 입으로도 맨날 "나는야 똥손~ 햇살초 똥손, 김한오! 나랑 다니면 누구나 '금손'이 되지! 왜냐고? 난 손재주가 없어도 너~무 없는, 지독한 똥손이니까!" 하며 노래를 부르고 다니는 친구거든.

똥손 김한오가 이걸 완성하기까지 얼마나 노력했겠어. 당연히 슈퍼 똥 파워를 받을 자격이 있지!

나는 바로 아는 척을 했어.

"우아, 이거 설마 쿠키롱 게임 캐릭터야?"

"응, 맞아! 낙낙, 너 이거 알아본 거야? 똥손, 김한오 작품을?"

한오가 자기 얼굴과 클레이를 내 코앞에 바짝 들이밀었어. 오오 이런! 더 가까이 왔다간 입까지 닿겠어. 나는 질색하며 얼른 자리에서 일어났지.

"으, 으응! 대충 봐도 알아보겠네. 이제 똥손을 너에게서 거두어 가겠다. **슈퍼 똥 파워!**"

반짝반짝, 반지의 광채를 받아 한오의 손이 유독 빛났어. 만약 금손의 능력이 눈에 보인다면 딱 이런 느낌일 거야.

"낙낙, 고마워! 이거 너 가져. 나 김한오, 똥손 탈출 기념이다! 우하하하!"

한오는 입을 크게 벌리고 호탕하게 웃었어. 파도가 일듯, 한오의 웃음소리에 옆에 있던 아이들도 자기도 모르게 깔깔거렸지. 한오 녀석, 웃음을 부르는 재주가 있다니까. 다음엔 그 재주에 슈퍼 똥 파워를 쏴 줘야겠어!

나만 장점이 없어

어쩌다 나한테 슈퍼 똥 파워가 생겼냐고? 다 사연이 있지.

이제부터 그 이야기를 들려줄게.

난 1학년 때까지는 학교생활이 마냥 즐거웠어. 내 일기장만 봐도 알 수 있어. 매일매일 일기가 다 '재미있었다.'로 끝나거든. 하지만 2학년이 되고부터는 달랐어. 고민이 생겼지. 하필이면 2학년 때, 새로 사귄 오 총사 친구들이 다 대단했거든.

공만 찼다 하면 골인시키는 축구 짱 윤수, 리듬을 가지고 노는 노래 짱 준엽이, 연필 하나로 뭐든 쓱쓱 그려 내는 그림 짱 소율이, 얼굴이 잘생겨서 광채까지 나는 얼굴 짱 은우까지. 다들 이름 앞에 '짱'을 달고 다녔어. 그런데 오 총사 중에서 나만 눈에 띄는 거 하나 없이 어중간하지 뭐야.

과연 나한테도 남보다 뛰어난 장점이 있을까? 나도 짱을 달고 싶었어.

거울을 보니 얼굴 짱은 안 될 것 같았어. 얼굴은 크고, 눈, 코, 입은 무지하게 작거든. 게다가 눈은 양쪽으로 쭉 찢어져서 편의점 앞에서 곰작거리는 살찐 고양이 같았지.

왜, '아우라'라는 말이 있지? 누군가에게 풍기는 독특한 분위기. 얼굴 짱들은 뒤에서 아우라가 막 나온다고 하더라고. 우리 반 얼굴 짱 은우가 딱 그래. 등장하는 순간, 운동장 저 끝에서부터 아우라가 느껴진다니까. 하지만 난 아냐.

공부를 열심히 해서 공부 짱이 되어 볼까도 싶었어. 쉿! 이거 비밀인데, 사실 난 구구단도 아직 다 못 외워. 거꾸로 구구단에, 십구단까지 줄줄 외는 친구들을 보면 어찌나 기가 죽던지. 어휴.

아, 그래! 춤. 내가 어릴 때부터 춤은 좀 췄어. 춤 짱? 이름은 마음에 들었지. '쉐킷쉐킷 붐, 쉐킷쉐킷 붐붐붐!' 음, 사실 나도 알고 있었어. 다들 내가 춤추면 킥킥거린다는 걸. 그래서 춤 짱도 될 수 없었지. 흥!

아무리 생각해 봐도 나는 뭐 하나 눈에 띄거나, 잘하는 게 없었어. 점점 빛을 잃어 가는 느낌이었지.

누구나 그렇잖아. 빛나고 싶잖아! 내 친구들이 아무리 번쩍번쩍 잘나고, 짱이면 뭐 해? 내가 빛이 안 나는데!

나도 반짝반짝 빛나는 사람이 되고 싶었어.

엄마라면 내가 잘하는 걸 알지 않을까 해서 엄마에게 물었어.

"엄마, 난 뭘 잘해?"

"우리 낙낙이는 다 잘하지!"

엄마는 두 팔을 들고 크게 동그라미를 그렸어. 그 동그라미 안에 든 건 뭘까? 요리조리 살펴봐도 내 눈에는 통 보이질 않았어.

"다? 그러니까 '다'가 뭔데? 얼굴 짱! 수학 짱! 축구 짱! 이런 것처럼 나도 짱인게 있냐고!"

"흠, 짱이라……."

엄마는 팔짱을 끼고 한참을 고민했어. 거봐, 엄마도 대답을 못 했지.

"아! 낙낙이는 이름만큼 마음이 낙낙하지, 그럼, '낙낙 짱'?"

"거참, 이름 가지고 놀리지 맙시다. 어머니."

"어머, 놀리다니? 낙낙이 얼마나 좋은 의미인데. 네 이름, 엄마가 지은 거 몰라? 네 태몽은 특별한 태몽이었지. 엄마가 울고 있는데, 머리 위로 낙엽이 우수수 떨어졌어. 그 낙엽이 엄마 몸에 닿으니까 즐거운 노래가 흘러나오지 뭐야. 그래서 눈물을 쓱 닦고 한참 흥얼거렸다니까. 그 꿈이 태몽인 걸 알고는, 한자로 떨어질 '낙(落)' 자에, 즐거울 '낙(樂)' 자를 써서 '낙낙'이라고 지은 거지! 놀리는 거 아니야, 아들. 이 엄마 진지해. 누구에게든 힘을 주고 웃게 해 주는, 마음 낙낙한 우리 낙, 낙, 짱!"

엄마에게 태몽 이야기는 수없이 들었어. 왜냐, 내 이름을 들으면 다들 의미를 물었거든. '낙낙'이라는 이름이 특이해서 그런가 봐. 그럴 때면 엄마는 어깨를 들썩거리며

신이 나서 얘기했지.

하여튼 우리 엄마는 꿈과 현실을 구분 못 한다니까. 낙낙 짱이 뭐야, 어휴.

저녁을 먹고 아빠랑 산책을 했어. 아이스크림을 쭉쭉 빨면서 아빠에게 물었어.

"아빠, 난 어떤 '짱'이야?"

"아들, 그게 무슨 소리야? 어떤 짱이냐니?"

아빠는 고개를 갸웃거리며 나를 내려다봤어.

"아, 그게…… 내 친구들은 잘하는 게 하나씩은 있거든. 노래 잘하는 준엽이는 노래 짱이고, 축구 잘하는 윤수는 축구 짱이고.

아 왜, 뭔가를 잘하면 친구들이 짱이라고 붙여 주잖아."

"음, 우리 아들은……."

난 아빠의 뒷말이 궁금했어. 침을 꼴깍 삼키고, 아빠의 입을 뚫어져라 쳐다봤지. 아빠는 입을 여는가 싶더니 이내 닫아 버렸어. 그러다 갑자기 뭔가 생각난 듯 아빠 얼굴이 환해졌어. 내가 얼굴을 들이밀고 빤히 아빠를 쳐다보자 아빠는 도로 턱에 힘을 주고, 안경을 추켜올리며 뭔가 다짐한 듯 근엄한 목소리로 말했지.

"흠. 아빠가 이제 너에게 그 반지를 물려줄 때가 된 것 같다."

"엥? 갑자기 웬 반지?"

나는 아빠의 엉뚱한 대답에 실망했어. 내 말을 제대로 듣기는 한 걸까?

나는 집으로 향하는 내내 뽀로통해서 입을 꾹 닫았어. 그사이 아이스크림은 녹아서 흐물흐물해졌고. 내 마음처럼 말이야.

"아들, 이리 들어와 보렴."

아빠는 집에 도착하자마자 안방으로 들어갔어. 장롱 안에 깊숙이 손을 찔러 넣더니 돌돌 말려 있는 신문지를 조심스레 꺼냈지.

그러고는 아주 신중하게 신문지를 펼쳤어.

"자, 이 반지는 조상 대대로 내려오는 귀한 거야."

나는 아빠의 손바닥 위에 놓인 반지를 봤어. 딱 봐도 문방구에서 파는 싸구려 반지처럼 보였지. 하얗고 매끈한 플라스틱으로 만든 반지였는데, 가운데는 꼭 똥 모양처럼 볼록 솟아 있었어. 아빠가 반지를 툭 한번 치자, 반지 안에서 레이저 같은 불빛이 알록달록 색을 바꾸며 빛나지 뭐야.

"이게 뭐야?"

아빠가 날 놀리고 있는 것 같았어. 평소 아빠는 장난이 심하거든.

"슈퍼 똥 파워 반지!"

"엥? 이름이 그게 뭐야? 아빠, 또 장난치는 거야?"

아빠는 팔짱을 끼더니 고개를 가로저었어.

"음…… 아빠도 어릴 때 낙낙이 너와 같은 고민을 한 적 있어."

"진짜? 아빠도?"

"그럼, 아빠도 잘하는 게 없다고 생각했거든. 이 반지를 끼고, '슈퍼 똥 파워'를 쏘기 전까지는 말이야."

순간 아빠의 안경 위로 반짝, 날카로운 빛이 스쳤어. 아빠 표정을 보니 장난은 아닌 것 같았어. 자못 진지해 보였거든. 나는 아빠 입에서 나온 슈퍼 똥 파워의 정체가 궁금했어.

"아빠, 슈퍼 똥 파워? 그게 뭔데? 나도 알려 줘!"

"잘 들으렴. 친구들이 뭐든 자랑을 하지? 그때, 낙낙이 네가 잘 들어 주는 거야. 그리고 마지막에 그 친구를 향해서 **슈퍼 똥 파워!** 이렇게 외치면서 반지에서 나오는 빛을 쏘면 돼."

아빠는 반지를 끼고 나에게 슈퍼 똥 파워를 썼어. 뭔가 요상한 자세를 하고선 말이야! 나는 고개를 옆으로 까딱하고 아빠를 봤어. 푸히히! 아빠 자세가 너무 웃긴 거 있지.

"짱은커녕 애들한테 놀림받는 거 아니야?"

나는 가자미 눈을 하고 아빠를 쳐다봤어.

"이 빛을 봐. 예사롭지 않지? 이게 바로 슈퍼 똥 파워의 힘이거든. 낙낙아, 아빠가 하라는 대로 이 반지를 써 봐. 그럼 너도 잘하는 걸 찾게 되고, 짱이 될 수 있을 거야. 음, 어떤 짱이 될지는 모르겠지만."

아빠가 낀 반지에서는 정말 화려한 빛이 뿜어져 나왔어. 내 몸 전체를 무지개로 둘러싸는 느낌이었어. 기분이 묘했지.

"자, 천천히 따라 해 보자. 먼저 다리를 양옆으로 벌리렴."

"응, 그렇게 했어."

"더 벌려야 돼. 그다음엔 허리를 앞으로 숙여."

"숙였어."

"그 상태로 고개를 숙여서 벌린 다리 사이로 얼굴을 빼꼼 내보이는 거야."

"응, 이렇게? 으아, 넘어질 것 같아."

슈퍼 똥 파워의 준비 자세는 앞구르기 할 때와 비슷했어. 다리를 벌리고 서 있는 것만 달랐지.

"그렇지, 자! 이젠 팔을 휘휘 돌리면서 손가락 총을 만들어 빵 쏘면서 따라 해! **슈퍼 똥 파워!**"

"슈퍼 똥 파워! 히히히!"

나는 아빠를 따라 슈퍼 똥 파워를 쐈어. 그러다 너무 웃겨서 그만 앞으로 고꾸라지고 말았지.

그날부터였어. 내가 짱이 되기로 마음먹은 순간이 말이야.

도준엽, **슈퍼 똥 파워!**

난 밤새 아빠가 알려 준 '슈퍼 똥 파워 자세'를 연습했어. 내 모든 신경이 슈퍼 똥 파워에 집중되어 있었어. 그러니 꿈에도 슈퍼 똥 파워를 쏘는 내 모습이 나왔지. 꿈에서, 나는 슈퍼 똥 파워 반지로 세상을 알록달록 무지갯빛으로 물들였어. 캬! 얼마나 환상적이었다고.

물론, 작은 문제가 있었지. 슈퍼 똥 파워 자세가 평소 안 하던 자세잖아. 그래서인지 아침에 눈뜨니 허벅지가 욱신욱신하는 거 있지.

'참자, 아빠가 알려 준 대로만 하면 나도 짱이 될 수 있을 거야!'

나는 가슴속으로 이렇게 외치며 슈퍼 똥 파워 반지를 손가락에 끼웠어. 신기하게도, 끼기만 했는데 기분이 좋아졌지. 아빠 말대로 신기한 반지가 틀림없는 듯했어.

학교로 향하는 발걸음이 가벼웠어.

"난나, 난나나~!"

입에서 노래가 절로 나왔어. 박자까지 맞춰서 폴짝폴짝 뛰었지.

"낙낙아! 같이 가!"

그때, 뒤에서 누군가 나를 불렀어. 헐렁한 티셔츠와 통 넓은 바지, 힙합 가수들이 많이 쓰는 챙이 곧게 펴진 모자를 쓴 준엽이였어. 노래 짱이라 불리는 친구! 준엽이는 특히 랩을 잘해. 난 일기 쓰기도 어려운데, 준엽이는 랩 가사도 혼자 척척 쓴대.

사실, 준엽이가 나한테 처음 보여 준 가사는 좀 오글거렸어. 맞춤법도 군데군데 틀렸고 말이야.

우리가 처음 만난 건 여섯 살 때엿지.

우린 그때 너무 어렷어.

회전목마 타고 뱅뱅 돌던 너의 얼굴.

아직도 내 머리에서 뱅뱅 돌아! 야압~!

근데 준엽이 목소리에는 특별한 힘이 느껴져. 엉덩이를 씰룩씰룩, 어깨를 들썩거리게 한달까?

"낙낙~! 나 굉장한 소식 들고 와썹~!"

"엽이, 여비~! 뜸 들이지 말고 얼른 말해~!"

준엽이와의 대화는 늘 자유로운 느낌이 넘쳐.

"나, 엽이, TV 프로그램 '초등 래퍼' 1차 오디션에 합격했어. 와

우!"

"우아! 대단하다! 그럼 이제 텔레비전에 나오는 거야?"

"예스! 초등 2학년은 나뿐, 나이는 숫자일 뿐, 누구라도 뛰어넘지 가뿐!"

"오~ 가사도 뭔가 달라졌는데? 멋지다!"

"다음 주부터 촬영~! 사실 나 떨령~!"

이제 준엽이가 오디션 프로그램에서 노래한다니! 내가 더 신나는 거 있지. 내 친구, 준엽이가 TV에 나온다니 가만히 있을 수 없잖아? 당연히 응원해 줘야지!

'아! 아빠가 친구들이 뭐든 자랑할 때 슈퍼 똥 파워를 쏴 주라고 했었지? 이때다!'

당장 슈퍼 똥 파워 반지의 능력을 시험해 보고 싶었어. 나는 손에 낀 반지를 툭 쳤어. 알록달록한 빛이 요란하게 났지.

타다닥, 나는 준엽이를 앞질러서

세 발짝 나아갔어. 손바닥에 땀이 쭉 났어. 처음 하는 거라 어지간히 긴장했나 봐.

"초등 래퍼 프로그램에 출연하는 준엽이, 넌 잘할 수 있어. 받아라, **슈퍼 똥 파워!**"

자세는 완벽했어! 다리 벌려 하늘 위로 손가락 총알을 탕!

"으악!"

준엽이는 진짜 총이라도 맞은 것처럼 한쪽 가슴을 움켜쥐었어.

"응? 뭐야? 준엽아! 왜 그래? 준엽아!"

나는 얼른 준엽이에게 달려갔어. 그런데, 준엽이가 숙였던 고개를 들더니 빙그레 웃지 뭐야.

"에이, 놀랐잖아! 도준엽! 너어!"

안심이 된 내가 눈을 깜빡이자, 고였던 눈물이 찔끔 떨어졌어. 준엽이가 다친 줄 알고 얼마나 놀랐다고.

"낙낙아! 고마워. 슈퍼 똥 파워? 그거 되게 웃긴다. 근데 그 파워를 맞으니까 진짜 힘이 나!"

"헤헤, 우승하자! 엽이, 여비!"

"당연하지!"

"다시 한번 더, **슈퍼 똥 파워!**"

나는 두 번째 슈퍼 똥 파워를 날려 줬어. 우리는 마주 보고 헤벌쭉 웃었지.

아침부터 기분이 이렇게나 좋은 건 슈퍼 똥 파워 반지 덕분일까? 아니면 준엽이의 TV 출연 소식을 들어서일까?

어깨가 간질간질 으쓱하지 뭐야. 히힛.

신소율, **슈퍼 똥 파워!**

나는 수업 시간 내내 슈퍼 똥 파워 반지만 내려다봤어.

'아빠가 말한 대로, 정말 내가 잘하는 걸 찾게 될까? 이 반지가 그걸 찾아 준다고?'

반지 생각 때문에 수업에 집중할 수가 없었지.

딩동댕동.

수업 끝나는 종이 울렸어. 평소 좋아하던 종소리가 오늘따라 아무렇지도 않게 느껴졌어. 온 신경이 반지에 쏠려 있었으니까.

"낙낙아! 이거 어때?"

누군가 내 옆구리를 쿡 찔렀어.

"어? 뭔데?"

소율이였어. 소율이는 우리 반에서 그림 짱으로 유명한 친구지. 친구들은 늘 소율이에게 그림을 그려 달라 부탁했어. 소율이는 연필 한 자루로 쓱쓱, 작품을 만들어 내거든. 아무튼 대단한 친구야.

"나 이번에 로봇 그리기 대회 나가거든. 근데 좋은 아이디어가 안 떠올라. 어흑!"

소율이는 울상을 지으며 종합장을 펼쳤어. 종이 한가운데엔 공룡 로봇이 크게 그려져 있었지. 공룡 로봇 주위에는 말끔하게 지워지지 않은 연필선이 군데군데 보였어.

"우아, 소율아! 진짜 잘 그렸다! 멋있어! 티라노사우루스 로봇이야?"

소율이는 자신 없는지 이마를 긁적이며 말했어.

"응! 맞아. 내 공룡 모양 지우개 있지? 그 지우개가 커져서 로봇이 되는데, 이것저것 다 지워 버리는 걸 상상했어. 어때……?"

나는 덜 지워진 연필선들을 가리키며 말했어.

"뭐? 대박. 그럼 이 선들은 일부러 이렇게 남겨 둔 거구나? 난 또, 지우개 없으면 빌려줄까 했지."

소율이는 어쩜 이렇게 멋진 생각을 했을까. 감탄이 절로 나왔어.

"진짜 이 로봇은 뭐든 다 지울 수 있어?"

나는 눈을 반짝이며 물었어. 내 반응에 소율이는 신이 났는지 이야기를 술술 풀어냈지.

"다 지우지 그럼! 학원도 지우고, 지루한 수업 시간도 지우고, 받아쓰기 시험 보는 날도 다 지울 수 있어. 히히."

"좋아, 좋아! 그럼 학교에는 쉬는 시간만 남는 거네? 수업도 안 하고! 정말 멋진 로봇이다! 나도 그 로봇 지우개 갖고 싶어!"

소율이의 아이디어는 상상만으로도 신났어. 정말 그런 로봇 지우개가 있다면 나도 꼭 갖고 싶었지. 엄마 잔소리도 지우고, 숙제도 지우고, 내가 싫어하는 건 다 지우는 거야. 그럼 내가 좋아하는 것만 남겠지? 정말 행복한 세상 아닐까?

좋아, 나는 소율이가 그런 행복한 세상을 만들 수 있게 힘을 주기로 했어. 벌떡 일어나 자세를 잡았지. 슈퍼 똥 파워 자세를.

"아이디어 짱 소율이, **슈퍼 똥 파워!**"

순간 소율이 얼굴이 환하게 빛났어. 알록달록 무지갯빛에 싸여서 말이야.

나는 구부렸던 허리를 펴고, 슈퍼 똥 파워 반지를 낀 채 공룡 지우개 로봇이 그려진 종합장을 가리키며 소율이 손을 꼭 잡아 줬어.

"이거야, 이거! 소율아, 나 진짜 그런 세상에서 살고 싶어. 이 공룡 로봇 지우개, 꼭 완성해 줘!"

"낙낙…… 고마워! 내 친구 낙낙. 힘이 나!"

소율이도 내 손을 맞잡고 눈물을 글썽였어. 그리고 수업 시작하는 종소리가 울리자, 종합장을 가슴에 폭 안고 총총총 사라졌지.

수업 시간에 슬쩍 봤는데, 소율이의 연필이 한참 동안 빙글빙글 춤을 추고 있었어. 그 모습을 보고 있으니 씨익 입꼬리가 올라갔어. 내가 스스로 공부할 때마다 엄마가 짓는 미소처럼, 씨익.

전에는 친구들이 잘하는 걸 보면 풀이 죽었었거든? 쟤는 잘하는데 나는 왜 이렇게 못할까, 하고 말이야. 하지만 슈퍼 똥 파워 반지를 끼고부터는 달라졌다니까? 친구를 진심으로 응원할 수 있게 됐다고나 할까?

슈퍼 똥 파워 반지는 친구에게도, 나에게도 힘을 주는 신기한 반지가 틀림없었어.

'이 귀한 걸 나한테 물려주다니…… 아빠, 지인짜 지인짜 고마워!'

왼발의 마법사, 차윤수!
슈퍼 똥 파아아워!

슈퍼 똥 파워 반지의 힘을 확인하고, 아빠의 말이 장난이 아니었다는 걸 확인하자 가슴이 두근거렸어. 나도 곧 뭔가에 짱이 될 수 있다는 희망이 생겼지.

슈퍼 똥 파워 반지와 함께하는 하루는 정말 정말 즐거웠어.

하루는 기분 좋게 수업을 마치고 룰루랄라 콧노래를 흥얼대며 집으로 가는 중이었지.

"헥헥, 낙낙! 낙낙아, 멈춰!"

교문을 나서려는데 누군가 내 가방을 휙 낚아채네.

"엥? 뭐야? 왜 그래?"

"우리 팀 오늘 중요한 시합이 있는데, 낙낙이 네 응원이 필요해."

축구 짱 차윤수였어. 윤수에게 응원이 필요하다면……?

"돌격이다!"

나는 냉큼 윤수의 손을 잡고 운동장 쪽으로 뛰었어. 물론 난 운동장 구석으로, 윤수는 운동장 한가운데로 향했지.

"차윤수 골인! 1대0."

역시 윤수는 시작하자마자 몇 분도 안 돼서 상대편 골대에 공을 넣었어. 나는 더욱 힘차게 윤수를 응원했어. 마음 같아서는, 운동장 한가운데에서 슈퍼 똥 파워 반지를 치켜들고 윤수를 향해 슈퍼 똥 파워를 쏴 주고 싶었지. 하지만 축구 경기를 방해하면 안 되니까 꾹꾹 참았어.

'슈퍼 똥 파워! 슈퍼 똥 파워! 슈퍼 똥 파아아아아아워!'

나는 자세는 생략하고, 모든 힘을 슈퍼 똥 파워 반지를 낀 손가락 끝에 모아 윤수에게 보냈지.

"2대0!"

또 윤수였어! 윤수가 공을 차면 공이 자석으로 바뀌는지, 골대
에 가서 척척 달라붙네? 왠지 윤수의 활약에 슈퍼 똥 파워가 도
움이 된 것 같아 뿌듯했어.

"2대1!"

"2대2!"

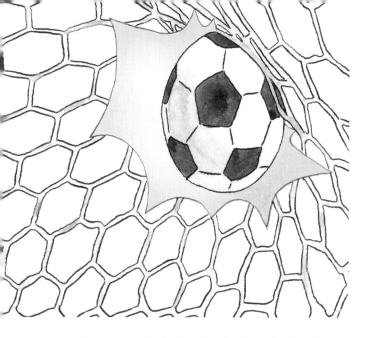

그런데 잠시 내가 흥뚱거리는 틈에, 상대 팀에서 두 골이나 넣은 거 있지? 무슨 일인가 싶어 재빨리 눈으로 윤수를 찾아보니, 상대 팀 선수

세 명이 윤수를 꼼짝 못 하게 가로막고 있지 뭐야. 윤수는 상대 팀 수비를 제치려 안간힘을 쓰고 있었어.

"윤수야! 힘내! 빠져나와! **슈퍼 똥 파아아아웍!**"

나는 운동장이 떠나갈 듯 큰 소리로 슈퍼 똥 파워를 쐈어. 나도 모르게 말이야. 하늘을 향해 위로 쭉 내민 엉덩이, 쫙 벌린 가랑이, 그 사이로 빼꼼 내민 얼굴! 마지막에 손가락 총을 탕 쏘는데, 다리를 너무 벌린 탓일까? 그대로 앞으로 고꾸라졌어.

"푸하하하, 쟤 뭐 해?"

"몰라, 저게 뭐 하는 거야? 킄킄킄."

윤수를 막고 있던 애들이 배꼽을 잡고 낄낄거렸어. 축구 짱 윤수가 이 틈을 놓칠 리 없지! 풀쩍 점프하더니 상대 수비수들 사이를 순식간에 빠져나오더라고. 나를 보고 찡긋 윙크까지 날리면서.

"3대2!"

역시 윤수야! 결국 우리 반이 이겼지.

"내가 바로 햇살초 득점왕, 왼발의 마법사 차윤수라고!"

윤수는 이렇게 외치며 여유 있게 땀까지 닦고 허공에 손짓했어. 마치 팬들에게 인사하는 아이돌 가수처럼. 사실, 전에는 윤수가 저럴 때면 정말 밉살스러웠거든? 근데 오늘은 웬일인지 박수까지 치고 싶지 뭐야. 실제로 윤수가 세 골을 넣어서 이긴 건 맞잖아.

"정말 잘했어, 윤수야! 축구 짱 차윤수!"

나는 짝짝 박수 치며 고개를 연신 끄덕였어. 아주아주 잘했다는 뜻이었지.

"낙낙! 네가 쏴 준 슈퍼 똥 파워 덕분에 이길 수 있었어! 네 목소리를 듣는 순간, 온몸에 힘이 불끈 솟았거든."

"응? 그 힘이 전달됐어? 제대로 쏘지도 못했는데……."

난 어안이 벙벙했어. 윤수는 손을 뻗어 나를 꽉 끌어안았어. 나와 윤수 사이가 단단한 끈으로 연결된 느낌이었지.

"오늘 내가 아이스크림 쏜다!"

윤수가 카랑카랑한 목소리로 외쳤어. 친구들도, 나도 우르르 윤수 뒤를 따랐어.

아이스크림은 혀로 할짝대는데, 왜 마음이 더 달달해질까? 그런 기분 있잖아, 가슴속에 있는 사탕을 살살 녹여 먹는 기분. 축구 짱 윤수와 함께하는 시간이 딱 그랬어.

나도 받고 싶어, **슈퍼 똥 파워!**

내가 운동장이 떠나가라 응원해서였을까. 많은 아이들이 슈퍼 똥 파워의 위력을 알게 됐어. 오 총사 친구들은 슈퍼 똥 파워가 정말 효과 있다며 말을 보탰지. 덕분에 내 슈퍼 똥 파워가 어마어마하게 유명해졌다는 말씀!

친구들은 나를 '슈퍼 똥 파워 짱'으로 인정했어. 짧게 '파워 짱'이라고 부르기도 해.

'파워 짱? 드디어 나도 '짱'이 붙었네. 히힛.'

기분이 좋았어. 나도 잘하는 걸 찾았으니까! 친구들에게 힘을 주는 파워 짱! 짱이 되니까 어깨에도 힘이 바짝 들어가지 뭐야. 이제 다른 짱들은 전혀 부럽지 않았지.

이제 알겠지? 슈퍼 똥 파워는 누구나 받을 수 있다는 걸. 사소한 거라도 좋아. 뭐든 자랑거리 하나만 가져오면 된다고.

작은 자랑거리가 슈퍼 똥 파워를 받아 어마어마한 자랑으로 바뀌는 마법!

며칠 뒤, 학교 쉬는 시간이었어.

오호, 오늘은 깜짝 놀랄 만한 친구가 내 앞에 딱 섰지.

"나도 슈퍼 똥 파워 쏴 줘!"

우리 반 '최고 말썽쟁이' 한지후였어. 수업 시간에 벌떡벌떡 일어나 돌아다니고, 선생님이 하지 말라는 것만 골라서 하는 친구. 강낭콩을 심을 때는 콩 꼬투리를 죄다 까 놓고, 줄넘기할 때는 허리에 줄넘기를 감고서 뱅글뱅글 도는 아이. 아무튼, 남들이 앞으로 갈 때 뒤로 가는 친구라고 보면 돼. 청개구리가 따로 없지. 옷도 청개구리처럼 초록색만 입는다니까? 심지어 양말까지도 말이야.

'매일 선생님한테 혼나는 지후도 자랑거리가 있을까?'

하지만 내가 슈퍼 똥 파워를 못 쏴 줄 이유는 없었지. 아무 자랑거리만 있다면야.

나는 코밑을 긁적이며 TV에 나오는 옛날 사람들 같은 말투를 흉내내며 물었어.

"헛! 자네가 나를 찾아오다니, 영광이오. 어떤 자랑거리를 가져오시었소?"

"자랑거리는 없어. 근데 슈퍼 똥 파워가 받고 싶어."

지후는 당당했어. 그러면서 꾹 다문 입술을 씰룩이는데, 뭔가 하고 싶은 말이 있어 보였지.

"슈퍼 똥 파워는 사소한 자랑거리라도 가져와야 하오."

"에이, 그냥 쏴 줘! 그거 받으면 힘이 난다며!"

난 지후의 당당함에 한 번 더 놀라 뒤로 물러섰어. 자랑도 안 했는데 슈퍼 똥 파워를 무작정 쏴 준다고 지후한테 힘이 들어갈 까도 의심스러웠지.

"칫, 내가 자랑할 게 뭐가 있어? 매일 선생님한테 혼나고, 엄마

한테도 혼나는데. 자랑거리가 있다면 벌이 아니라 칭찬을 받았겠지. 다들 내가 문제래."

당당함이 묻어 있는 말투는 고슴도치 가시처럼 뾰족뾰족했지만, 나는 속상해하는 지후의 마음이 느껴졌어.

'지후도 칭찬받고, 인정받고 싶었구나. 지후가 잘하는 걸 찾아 줘야겠어. 지후에게는 어떤 짱이 어울릴까?'

지후를 보고 있으니 마치 거울을 보는 것 같았어. 특별히 잘하는 게 없어 힘들어하던 내 모습이 지후에게서 보였거든.

나는 지후에게 힘을 주고 싶었어. 마음 같아서는 슈퍼 똥 파워 반지를 통째로 선물하고 싶었지. 근데 아빠가 그랬잖아. 조상 대대로 내려오는 물건이라고. 그러니 냉큼 반지를 줄 수도 없는 노릇이었어.

"지후! 너 오늘 급식 다 먹었어?"

"아니. 시금치, 김치, 콩나물 다 남겼지. 난 채소가 제일 싫거든. 우웩."

친구들이 가장 많이 자랑하는 게 급식 맛있게 먹기였는데, 지후는 안 될 것 같았어.

"그럼, 너 글씨는 잘 써?"

"난 글씨 쓰는 게 세상에서 제일 싫어! 우리 엄마는 글씨를 발로 쓰냐고 맨날 잔소리해! 어휴."

큰일이야. 만만치 않은 상대를 만났어. 하지만 나, 낙낙이 사전엔 포기란 없었지!

"노래는 잘 불러? 아니면 춤?"

"노래랑 춤은 좋아하지! 근데 잘하진 않아. 우리 형이 어디 가서 춤추거나 노래는 절대 부르지 말래. 저얼대!"

내가 쏴 줄게, **슈퍼 똥 파워!**

나는 슈퍼 똥 파워 반지를 낀 손가락을 쉴 새 없이 까딱였어.

'반지야, 지후가 잘하는 것 좀 뽕 하고 찾아 줘. 제발!'

간절함을 담아, 나는 반지에 텔레파시를 보냈어. 그때였지.

"앗!"

슈퍼 똥 파워 반지가 내 간절함에 응답한 건가? 반지에서 전보다 더 요란한 빛이 뿜어져 나오고 있었어. 그런데 빛이 듬성듬성 끊겨 있었지. 빛이 끊긴 빈틈 사이로 지후의 손가락이 보이지 뭐야. 지후가 참지 못하고 반지를 건드린 것 같았어.

"그래! 지후 넌 호기심이 많아! 그래서 가만히 참지를 못하는 거야!"

순간 머릿속에 그동안 지후가 했던 행동들이 동영상처럼 스쳤어. 무언가를 발견하고 반짝이는 지후의 눈, 망설임 없이 돌진하는 지후의 손, 그리고 곧이어 벌어지는 사고!

내가 드디어 지후의 자랑거리를 찾아낸 거야!

"지후야!"

"응?"

지후는 침을 꼴깍 삼키며 다음 말을 기다렸어. 나의 슈퍼 똥 파워를 보려고 모여든 친구들도 마찬가지였지. 교실 전체에 꼴깍꼴깍 소리가 넘실거렸어.

"너는 호기심 짱이야! 말썽쟁이가 아니라, 호기심이 너무 많아서 너도 모르게 실수하는 거라고."

"내가…… 호기심 짱이라고……?"

내 말을 들은 지후의 눈가가 촉촉해졌어. 그럼 이제, 내가 지후의 눈물을 쏙 들어가게 해 줄 차례였지!

"호기심 짱 지후! **슈퍼 똥 파워!**"

나는 다리를 힘차게 벌리고 허리를 숙여 가랑이 사이로 고개를 내밀고 가장 힘차게 슈퍼 똥 파워를 날렸어!

지후의 몸이 알록달록 무지갯빛에 폭 싸였어.

"우아! 파워 짱이 호기심 짱 지후를 만든 거야?"

"지후가 호기심 짱이었구나!"

친구들이 환호하는 소리가 들렸어. 또 내가 해낸 거야. 파워 짱답게 말이야, 히히.

교실 안에 웃음꽃이 활짝 폈어. 그중에서도 지후의 웃음꽃이 유독 환하게 폈더라고.

"우하하하하! 난 오늘부터 호기심 짱이다!"

지후는 호기심 짱이 맘에 쏙 들었나 봐. 가슴을 통통 두드리며 '난 호기심 짱이야!' 하고 몇 번을 외쳤나 몰라. 지후에게 큰 선물을 준 것 같아 뿌듯했어.

그때부터 반 친구들은 지후를 호기심 짱이라고 불렀어. 꼭 별

명같이 말이야.

"호기심 짱 지후다!"

"호기심 짱, 이것 좀 알려 줘."

"호기심 짱, 이건 어떻게 하면 돼?"

최고 말썽쟁이란 딱지는 어떻게 됐냐고? 똑 떨어졌지! 지후는 이제 말썽쟁이가 아니었어.

호기심 짱답게 호기심 공책도 만들고, 전에는 눈을 반짝이며 손부터 내밀었다면 지금은 달라졌어. 호기심 공책에 궁금한 걸 적고, 생각하고, 천천히 탐구까지 해 보는 거 있지? 히히, 청개구리도 언젠가는 철이 드나 봐.

그러더니 선생님도 지후를 달리 보게 되었어. 더 이상 야단칠 친구가 없어서일까? 요즘은 선생님이 심심해 보이기까지 해.

숨은 장점 찾아 드립니다

오늘은 학교에서 체험 학습을 가는 날이야. 아침부터 엄마는 참 기름 냄새를 폴폴 풍겼어. 엄마가 싸 준 도시락과 간식을 가방에 챙긴 난 얼른 집을 나섰어. 슈퍼 똥 파워 반지는 당연히 챙겼지.

이 반지가 나를 파워 짱으로 만들어 준 반지니까!

슈퍼 똥 파워 반지가 없었다면 나는 짱이 되지 못했을 거라고. 그러니 어디를 가더라도 꼭 가지고 다녀야 해. 오늘 체험 학습 때에도 슈퍼 똥 파워를 쏠 일이 있을지는 모르겠지만. 음, 혹시 알아? 지나가는 개미나 날아가는 새도 내 슈퍼 똥 파워가 필요할지. 후훗.

이 반지와 함께하면 기분도 이렇게 좋아진다니까.

"2학년 5반 모두 왔지요? 짝꿍 없는 사람 손들어 보세요."

선생님은 버스 앞에서 우리를 쓱 둘러봤어. 확인이 끝나자, 우리는 버스에 올라탔어. 곧 버스가 힘차게 출발했지.

버스 안에서 웃고 떠들다 보니 금세 체험 학습 장소인 동물원에 도착했어. 동물원은 놀이공원과 붙어 있었어. 그래서 그런지, 입구에서부터 솜사탕도 팔고, 장난감도 팔고 있었어. 유치원을 졸업한 지 1년도 넘게 지났지만, 장난감의 유혹은 뿌리치기 힘들었어. 눈이 자꾸 그쪽으로 가는 거 있지.

다른 친구들도 마찬가지였어. 선생님이 화장실 다녀올 사람은 다녀오라는 말에, 다들 우르르 장난감 파는 곳으로 뛰어갔거든. 나도 덩달아 신나게 달렸어.

아이들이 잔뜩 모여 있는 곳엔 다양한 장난감이 많았어. 내가 유치원 다닐 때 못 보던 장난감도 있어서 구경만 해도 즐거웠지.

그때, 소율이가 소리쳤어.

"어! 이거 낙낙이 반지다!"

"어디? 어디?"

친구들은 소율이의 손끝을 따라 고개를 돌렸어.

말도 안 돼! 정말 내 거랑 똑같은 슈퍼 똥 파워 반지가 있었어!

대충 50개쯤 되려나? 50개가 넘는 반지들이 반짝반짝 무지갯빛

을 찬란하게 뿜어내고 있지 뭐야. 순간, 나는 번개를 맞은 것처럼 머리가 띵했어.

'아빠한테 속았다…….'

몸에 있는 모든 힘이 스르륵 빠져나가는 기분이었어.

분명 아빠는 조상 대대로 내려오는 귀한 반지라고 했는데, 이게 뭐람! 흔하디흔한 장난감 반지였다니!

아빠가 미워졌어. 엄마도 알고 있었을까? 부모님이 작정하고 나를 속인 걸까? 뭐가 뭔지 하나도 알 수가 없었어. 누군가 큰 막대기로 머릿속을 휘젓는 느낌이었어. 일정한 방향도 없이, 이쪽저쪽으로, 마구마구.

이런 내 마음을 아는지 모르는지 친구들은 하하 호호 신이 났어.

"이거 슈퍼 똥 파워 반지 맞네!"

"아줌마, 이거 껴 봐도 돼요?"

"와! 나도 이거 사고 싶다."

친구들은 그 많은 장난감들을 뒤로 하고, 어느새 슈퍼 똥 파워 반지 앞에서만 조잘대고 있었어.

"쳇, 뭐야! 그럼 지금까지 낙낙이가 쏜 슈퍼 똥 파워가 가짜였다는 거야?"

"파워 짱도 별거 아니었네! 그럼 나도 슈퍼 똥 파워 쏜다~? 호잇! 호잇!"

친구들 사이에서 나를 비웃는 말이 삐쭉 튀어나왔어. 그 말이 화살이 되어 가슴에 콕 박혔어. 눈앞이 뿌예졌어. 순식간에 난 가짜 파워에, 거짓말쟁이가 되고 만 거야. 아빠도, 엄마도, 친구들도 다 미웠어. 그중에서도 아빠 말을 철석같이 믿은 내가 제일 미웠어.

그때였어.

"낙낙이는 파워 짱 맞아! 나, 낙낙이가 슈퍼 똥 파워 쏴 줬을 때 얼마나 힘이 났는데! 그건 낙낙이만 할 수 있는 일이야!"

지후가 내 오른쪽 어깨에 손을 올렸어. 울지 않으려고 잔뜩 힘을 주고 있던 눈에 저절로 눈물이 고였어. 눈물은 우박처럼 뚝뚝 무겁게 떨어졌어.

"지후 말이 맞아. 낙낙이는 원래 파워 짱이었어. 슈퍼 똥 파워

반지를 끼기 전부터 그랬어. 낙낙이에게 뭔가를 말하고 나면 힘이 났다고!"

소율이가 내 왼쪽 어깨에 손을 얹었어. 소율이까지 나를 파워 짱으로 인정해 주다니!

소율이의 말에 남은 오 총사 친구들이 나를 둘러쌌어.

"맞아! 낙낙이 목소리를 들으면 축구 골대가 갑자기 커지는 거 같아서 자신 있게 공을 차게 된다니까!"

"그럼! 슈퍼 똥 파워는 아무나 못 쏘지!"

그러자 다른 친구들도 너도나도 말했지.

"맞아! 나도 낙낙이 덕분에 급식 잘 먹게 됐어."

"난 이제 줄넘기 50개도 가뿐하다고."

"봐, 낙낙이 덕분에 금손이 됐다니까."

친구들이 "맞아, 맞아, 맞아." 맞장구치는 소리가 하모니처럼 울려 퍼졌어.

나는 후읍, 하고 눈물 콧물을 힘차게 빨아들였어. 그리고 큰 소리로 외쳤지!

"내가 진정한 파워 짱이다! 슈퍼 똥 파아아아워!"

반짝반짝, 슈퍼 똥 파워 반지에서 나온 빛이 우리 반 아이들 모두를 감싸 안았어.

숨은 이야기

 낙낙이가 아빠에게 고민을 털어놓기 몇 시간 전

아빠에게 반지를 받은 순간 낙낙이의 머릿속

신문지에
싸 놓은 걸 보니
정말 귀한 건가?

우리 낙낙이,

슈퍼

뚱

파워

작가의 말

우리나라에는 영재가 참 많아요. 노래를 잘하는 트로트 영재부터 수학, 영어, 과학에 소질을 보이는 친구들까지 말이죠. 이런 영재들은 늘 관심과 박수를 받습니다. 무엇을, 얼마나 잘해야 영재일까요? 영재의 기준은 누가 만든 걸까요?

영재라는 건 공부나 운동, 그림 그리기처럼 점수로 매겨지는 것에만 붙는 게 아니에요. 저는 겉으로 드러나지 않는, '마음 영재'도 있다고 생각해요. 다른 사람을 행복하게 만들고, 힘을 주는 것도 뛰어난 재능이잖아요? 저는 마음 영재인 낙낙이를 통해 겉으로 드러나는 점수나 결과에 시달리는 아이들에게 따뜻한 위로를 전하고 싶었어요. 낙낙이는 공부도, 축구도, 그림에도 영 소질이 없지만, 마음 영재답게 교실을 환하게 밝혀 줘요.

여러분은 어떤 사람이 되고 싶은가요? 여러분 내면에는 어떤 능력이 숨겨져 있나요?

사실, 낙낙이 이야기는 제 어릴 적 이야기예요. 저도 모든 것이 평범한 아이였어요. 딱 하나, 제가 남들보다 잘하는 게 있었다면, 친구들을 웃게 하는 거

였지요. 쉬는 시간에 다른 반 친구가 웃겨 달라며 찾아올 정도였어요. 지금은 그 능력을 두 아들에게 쓰고 있어요.

여러분도 자신만의 숨은 장점을 찾아보세요. 그 장점으로 나도, 주위 사람도 행복하게 만들 수 있어요. 정말이에요. 음, 자신이 없다고요? 그럼 제가 마법의 주문을 걸어 줄게요! **슈퍼 똥 파워!**

부모님들에게도 당부의 말씀을 드리고 싶어요.

모든 아이는 자신만의 속도로 성장해요. 토끼처럼 빠르게 성과를 내는 아이가 있고, 거북이처럼 천천히 자신의 길을 가는 아이도 있어요. 중요한 것은 아이들이 각자의 장점과 능력을 발휘할 수 있도록 믿어 주고 응원해 주는 것이죠.

저마다의 속도로 매일매일 자라고 있는 아이들에게, 비교나 경쟁을 부추기는 말 대신 '슈퍼 똥 파워!'를 외쳐 주면 어떨까요? 슈퍼 똥 파워가 어려우면 "엄지 척 파워!", "나이스 파워!", "최고 짱 파워!"로 바꾸어도 좋아요. 가족 모두에게 힘을 주는 마법의 주문이 될 거예요.

글하